KB170044

청소부 K

RO서파
5
Story 신진우 × 홍순식 Art

!
피
엉

!?

팀장님,
이것 좀 보시죠.
응?

덜컥

아무래도
옥탑방 1호실에
불청객이 침투한 것
같습니다.

호오, 드디어
걸려들었구만.

김진이
나타났나?
네. 옥탑방으로
침투한 모양입니다.

옥상은 누가 지키냐?

치열이랑 정석인데, 둘 다 당했나봅니다. 형님.

워메, 잡것들. 어떻게 둘이 하나를 못 잡냐. 쯧쯧.

혹시 저격조도 당한 거 아닐까? 아까 멧돼지 운운할 때 왠지 싸한 게 느낌이 안 좋던데.

그럼 연락 한번 취해볼까?

아냐, 만약 당했다면 풀을 건드려 뱀을 놀라게 할 필요는 없지.

어이, 조폭 아저씨.
원수 갚을 기회 드릴 테니까
부하들보고 옥탑방으로
올라가라고 하슈. 특이 사항
있으면 무전으로
전파해드릴게.

그동안
느그는 뭐 하는디?

우린 따로
할 일이 있어서
그래.

…

용석아.
상황이 상황인 만큼
시키는 대로 해라.
…알겠습니다,
형님.

회장님 말씀 들었지? 정신들 똑바로 챙기고 조심혀서 올라가라잉. 아, 수류탄도 하나 챙겨서 올라가.

네. 형님.

어이, 정원이 총각. 혹시나 하는 마음에서 하는 경곤데 말여.

시방 니가 우리 애들을 총알받이로 쓰는 거면,

나중에 그 대갈빡을 박살 내버릴 것이여.

무슨 뜻인지 알겄냐?

기분 나쁘게 실실 쪼개지 말고 내 말 진지하게 들어라잉.

아, 네잉.

타
타
타
탁
?
타
타
타
탁
끼
익

어떻게
내가 여기 있는 걸
알아챘지…?

짐작대로
CCTV 카메라로
지켜보고 있는 건가…

기왕 들킨 거
제대로 놀아주지.

사박
사박
끄뜩
끄뜩
퍼
컥!
!

철컥
주, 죽여버려!
쿵
철컥

탕
탕
탕

쾅
쾅
쾅
훼
크윽!

비켜!
땅

휘
익

!
투툭
데굴데굴

젠장…

타
타
타
탁

와장창
콰아아아앙

치이익
크윽!
그, 그런 거 같은데…
무슨 일인지 내가 보고 오마.
저기요, 아저씨. 이거 혹시… 청소부 K가 쳐들어온 거 아니에요?
그럴지도 모르니까 너희 꼼짝 말고 여기 있어.
나오면 절대 안 된다. 알았지?
후이이
디디딕
!?
뭐 폭발한 거 맞지…?

네…
…

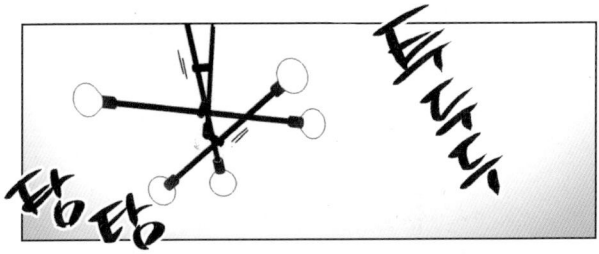
삐삐삐
삥띵띵

타
타
타
탕

퍼
퍼
퍼
윽!

빌어먹을…
야, 이 병신아!
총을 쏴!
맞서 쏘라고!
네엡…

너도
몸 사리지
말고 갈겨!
탕
탕
탕
탕

화악
!?

설마 자살한 건 아니겠지…?
그, 글쎄요.
뒤

슬금 슬금

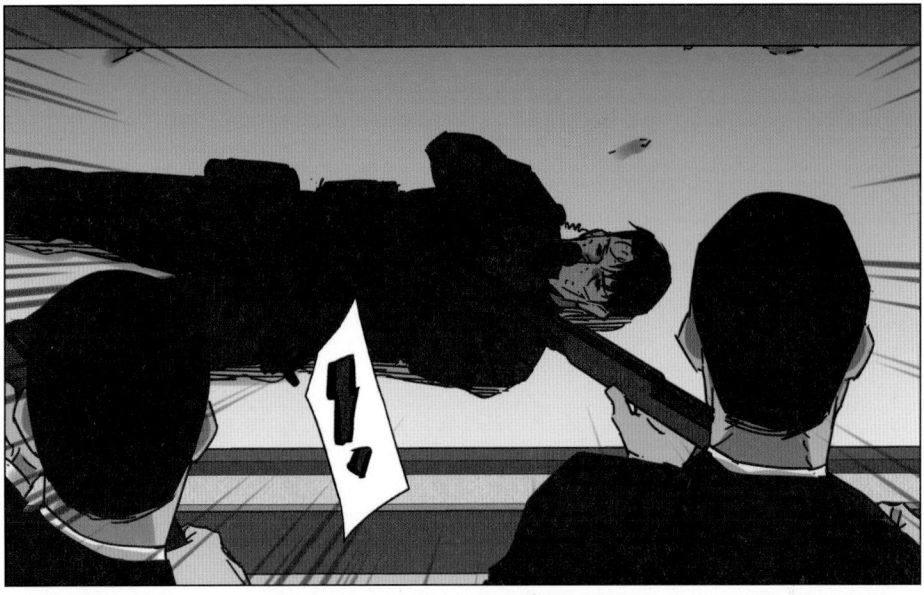
!

컥!
퍽
퍽

쿵
덥석

이런 씨발!!
죽어!!
탕
탕
탕

드르륵

젠장.

혀, 형님…

저희 팀
모두 김진한테
당했습니다…!
니미

뭐, 전부
당했다고!?
네, 저 빼고…
전멸입니다.

아니, 시방 니넨 대체 뭘 한 거냐?

죄송합니다. 형님. 면목이 없습니다.

그럼 김진인가 그놈아는?

3층으로 뛰어내린 것만 확인했습니다.

3층으로 뛰어내려? 거참, 더럽게 잽싼 놈이네.

305호에 김진 확인.

305호?

야, 느그 후딱 올라가서 아주 개작살을 내버려라! 알긋냐?

네. 형님!

야, 3층으로 애들 보낼 테니께 니도 싸게 내려와서 거들어라잉.
저벅, 저벅
알겠습니다. 형님.

애들은 방에 있어?
네. 밖으로 절대 나오지 말라고 했습니다.

좋아. 우리도 슬슬 준비해야지.
회장님. 이제 나가실 준비하시죠.
그러지.
오케이. 자, 휴식 끝. 장비들 챙겨서 모두 나와.

할아버지, 어딜 가는데요? 제 친구들은 그냥 놔두고 가요?

이 새끼는…
그럼 나 친구들이랑
같이 죽을래?

군소리 말고
따라오기나 해.
…

ㅁㅇㅇ

ㅇㅇㅅ

!

앗, 놈이다!
쏴!
쏴버려!

으윽!
쾅
쾅

타
타
타
탕

퍼
퍼
퍼
퍼
당
당

터
엉

푹
슈
슈
왁
!

으악!
다다다
쿨럭!
타타

콜록!
휙 휙
!?
콜록!
어디 갔지?
저기 305호…
OK.

야. 너희 셋은 옆방으로 들어가서 베란다 쪽으로 돌아가. 포위 공격하게. 알겠지?

넵.

끼이이

타타탕

억!
퍼
퍼
퍽

설마
!

놈의 총알이 떨어졌다!

쾅 쾅 쾅 쾅

지금이다. 녀석을 죽여!

돌격!

푹 푹

이크!
퍼 퍽
피해!
죽어!
벅 아아
!
쾅 거
꿀꺽 꿀꺽
커헉!
덥썩

뚝
퍽
윽!

저기 있다!
!

탕
탕
탕
탕
탕
죽여버려!
부
웅
퍽

퍼억
켁!
!

쿠당

지금이다!

탕 탕

죽여!!

탕 탕

!

쏴!!

탕 탕 탕

!

피
잉
컥!

탕
탕
탕
탕
죽어라, 좀!

푹
퍼억

으아악!
쿠다
내 발,
내 발이…!

?

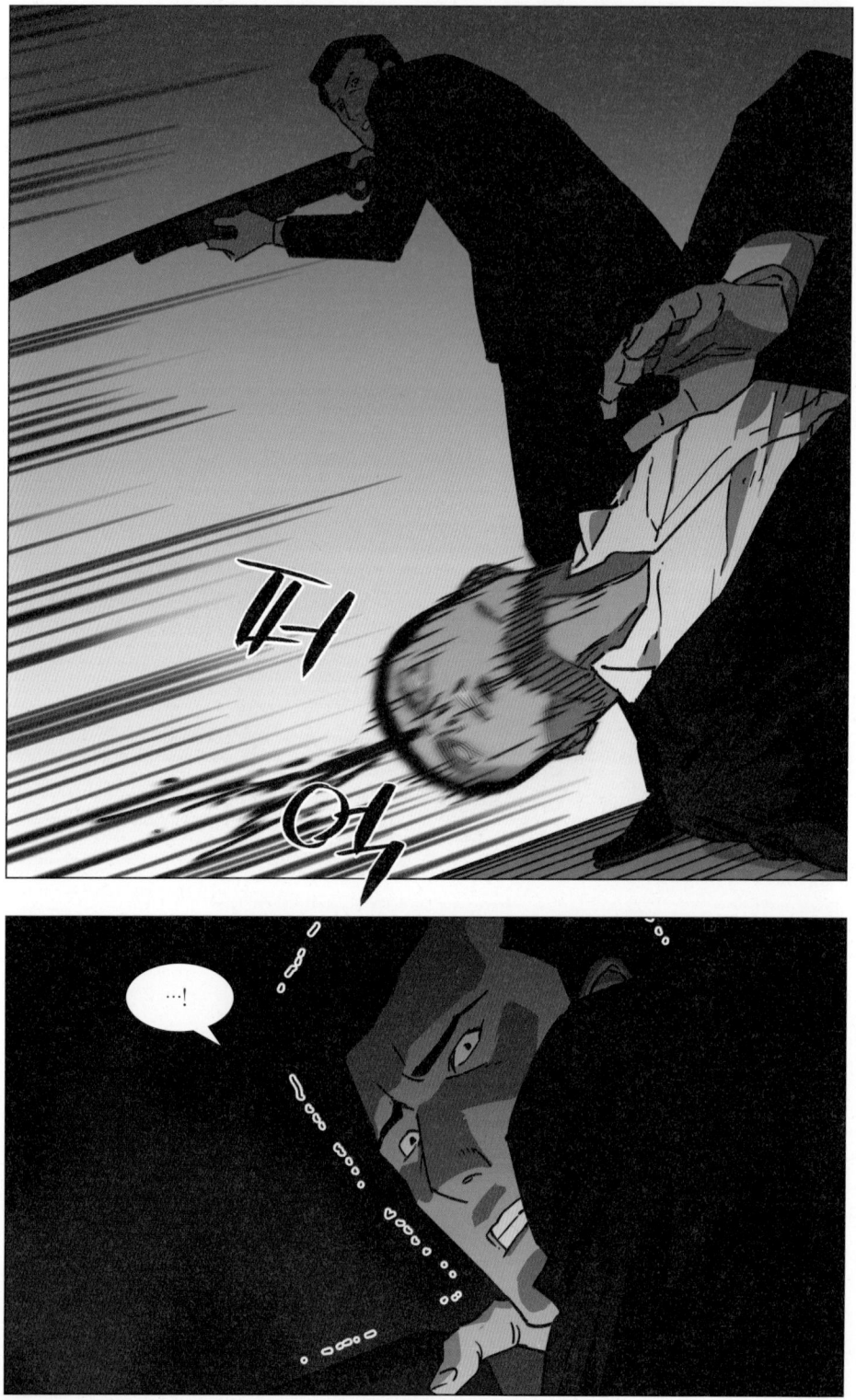
ドサ
…!

으아아아!
다다다

퍼억
크헉!

쾅당탕
두둑

제기랄…

꺼억

뚜

사, 살려
주십쇼…

끼익
?!

척척

후우
후우

철우야…
3층 어떻게 됐냐?

피잉
크윽!

투둑

으아아!
탕
탕
죽어라!
탕
탕

끼익

탕

피
피

퍼억
휘
악

척
!

피슉

어이,
대답 좀
해보드라고.

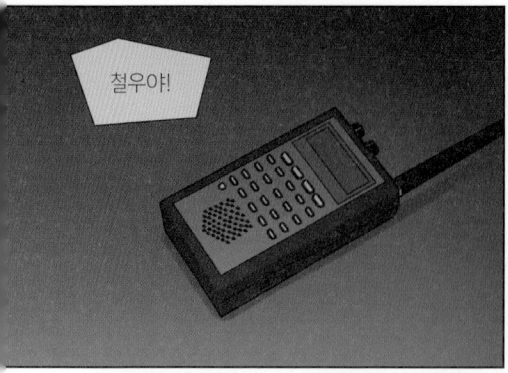
철우야!

스윽

이 친구
대답을 듣긴 힘들 거야.
아주 먼 곳으로
여행을 떠났거든.
!

너, 이 새끼!
감히 내 부하를
다 죽여…!?

네놈을 반…!!
탁

이 좆만 한 핏덩어리가… 내가 통화하고 있는 거 안 보여!
쉿.
이야~ 우리 김 과장님 대단하시네.

아무리 훈련 안 된 오합지졸이라지만 열댓 명을 혼자 다 처치하다니…
그 나이에 힘들지 않수? 웬만하면 그냥 누워 계셔. 우리가 편히 보내드릴게. 응?
누군가 했더니 박진열이군. 눈물콧물 질질 흘리면서 훈련 받던 애송이 요원 시절이 엊그제 같은데 많이 컸어.
노인네 참, 말이나 못 하면 밉지나 않지.

암튼 환영 파티 준비하고 있으니까 조심해서 내려오슈. 좀 이따 봅시다.
그래. 내가 내려갈 동안 종부성사나 드리고 있으라고.
타깃이 2층으로 내려갑니다.

종부성사…?
죽기 전에 마지막으로 기도하는 걸 말하지.

네놈들은 여기서 살아 돌아가지 못할 거야.

내가 오늘 너희를
다 죽일 거니까.

날 죽이려면
줄 서서 한참 기다려야
할 거요.
저벅
저벅

날 죽이고 싶어
안달 난 인간들이 하도
많아서 말이야. 그럼
이만 끊겠수.

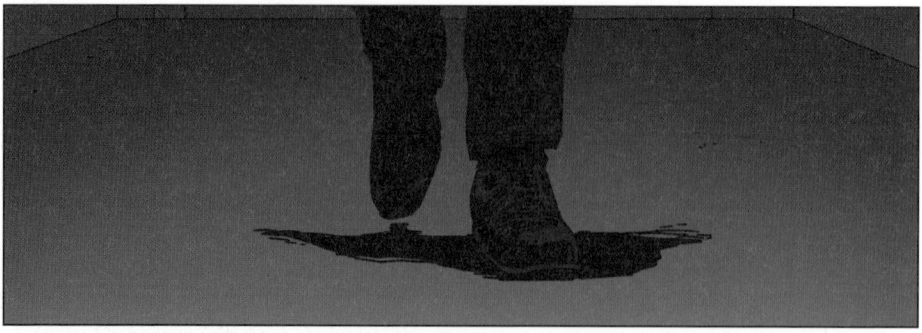

야, 밖에 아무도 없나 본데…? 아무 소리도 안 나.

혹시 우리 빼고 다 죽은 거 아냐?

넌 헛소리 좀 그만해. 진짜 짜증 난다.

잠깐만…
끼익

야, 미쳤어!

!!

씨익

왜 그래?
그, 그게…
다칠수

픽
픽
으앗!

쾅

어디 있나
했더니 쥐새끼들처럼
여기 숨어 있었군.
...
!
팀장님.
타깃이 덫 안으로
들어갔습니다.

좋아, 지금이야.
놈을 가둬!
딸각
네.

끼익

빵

드
드
드

드드르르륵
?

끼이이잉

쾅
!?

뭐, 뭐야, 이건…?
…

휙
탁
?

사, 사람 살려…!
청소부 K가
여기 와 있어요!

탕
탕
!

쾅
컥!

쩍
젠장…
이거 함정에
빠져버렸군.

어이,
김 과장님!

따님 성폭행한
놈들이랑
잘 만나고
계십니까?

내가 어렵사리 만든 자리인데, 마음에 드나 모르겠네. 응?
회장님도 받으시죠.
나도 쏘라고?

네. 인원이 얼마 없어서요. 손자분도 총을 들어야 합니다.
거참.

그래. 마음에 드는군.

지금까지 네놈이 한 짓 중에 가장 마음에 들어.

그럼 빨리 따님 원수나 갚으슈. 마지막 가는 길인데 그 정도 시간은 드려야지. 옛정이라는 게 있는데, 안 그래?

자네가 날 이렇게까지 생각해주다니… 고마워서 눈물이 앞을 가릴 지경이군.

그런데 말야, 카메라 돌아가는 게 뻔한데 그 앞에서 애들 학살하는 미치광이 살인마 흉내는 사양하겠네.

애들이야 언제든지 죽일 수 있지만, 그보다 급선무는 밖에 있는 네놈들을 어떻게 처리하냐는 것이지.

하여간 눈치는 더럽게 빨라요… 씨발.

야. 모두 준비됐으면 사격 시작해! 혹시 모르니까 애들까지 싸그리 죽여야 된다! 알았지?

오케이!

그럼
사격 개시!
타
타
타
타

타타타타타
으아아아!
타타타
엎드려!
퍼퍼퍼퍽

타
타
탕
퍼
퍼

휴두둑
펑
퍼엉

휘익
!

데구르르
!!
히익!
덥석
파앗

쩌적

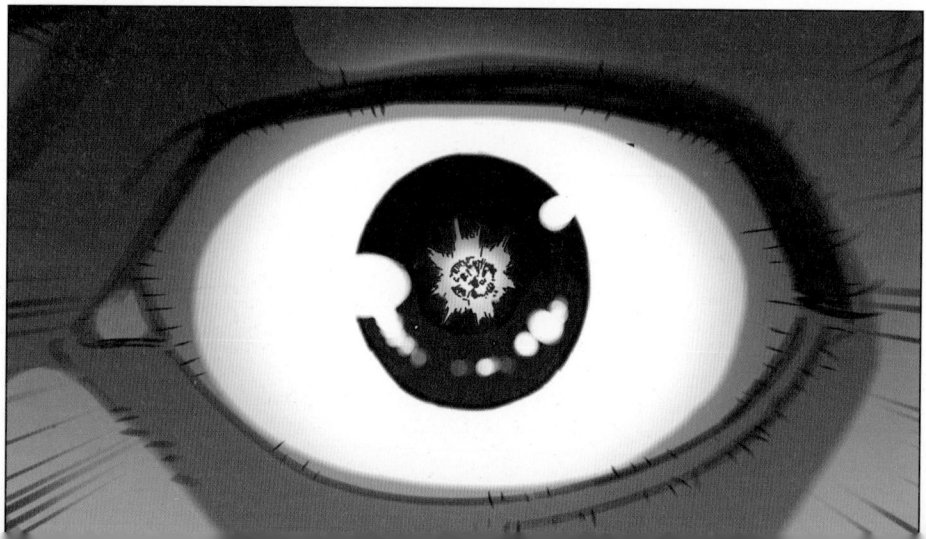

콰
광

화르르르

툭둑
?

쾅

으아아…!!
후다닥
아아아악!!

어떻게 됐어?

학생 하나만 죽고,
나머지 둘과 김진은
멀쩡한 것 같습니다.

니미.

겨우 이만
노인네 명줄 하난 진짜 더럽게 기네.
내가 오늘 그 명줄을 확실하게 끊어주지.
슥
크크.
부들 부들

덜컹

와르르르

저기,
아저씨…

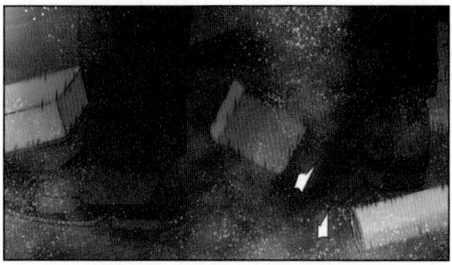

저, 저도 좀
살려주세요…
제발.

지금 용지운 회장 별장으로 출동하려는 건가?
네, 그렇습니다. 서장님.
다행히 아직 출동 전이군. 모두 출동하지 말고 대기하고 있으라고 전하게.
네!? 그게 무슨 말씀이신지…
좀 전에 청와대에서 연락이 왔는데…
용 회장 별장에서 무슨 일이 벌어지든지 간에 꼼짝 말고 대기하라더군.
그게 우리를 위한 길이라고… 그러니 다들 출동하지 말고 대기하고 있게. 명령일세.
…
이건 내 짐작인데… 청와대에선 이번 기회에 용 회장이 죽길 바라는 거 같아…

덩
다 죽어!
다 죽어버리라고!!
크크큭!

콰
쾅
쾅

달칵
?

씨발.
이럴 때 탄이
떨어지고 난리야.
야. K-4
유탄기관총 없어?
아예 개박살을
내버려야지.
안 가져
왔는데요…
톡톡

아니, 이봐.
지금 내 별장
무너뜨리려고 작정했나?
그 정도면 충분하니까
그만하게.
사람 올려 보내서
시체 확…!?

씨발, 닥쳐!!

!

갑질하다
병신 된 주제에
어디서 감 놔라
배 놔라
지랄이야,
지랄이!

확 아가리
부숴버리기
전에 입 닥치고
가만히 있어.
알았어!?

요 좆만 한 핏덩어리 새끼가 진짜.

척

이 쌍놈의 호로새끼가 누구한테 기어오르고 지랄이야.

!

넌 장유유서도 모르냐? 개새꺄. 대가리 부숴버리기 전에 총 버리고 무릎 꿇어, 얼른!

이런, 나 바본가…

휙

아저씨가 있는 걸 깜박했네.
휘리리
!
퍽
슈웅

빠악

케액…!
털썩

씨발,
장유유서 찾는 인간이
조폭질은 왜 해?
진짜 이해가 안 가네,
응? 크크.

첨 봤을 때부터
아니꼬웠는데
꼴좋다. 병신.

투웅

…!

슥

어이,
조폭 회장님.

그 총으로
날 쏘는 게 빠를까?
아니면 내가 칼 날리는 게
더 빠를까?

이 거리라면
나도 해볼 만한데 말야.
응? 한번 해볼텨?

ピッ

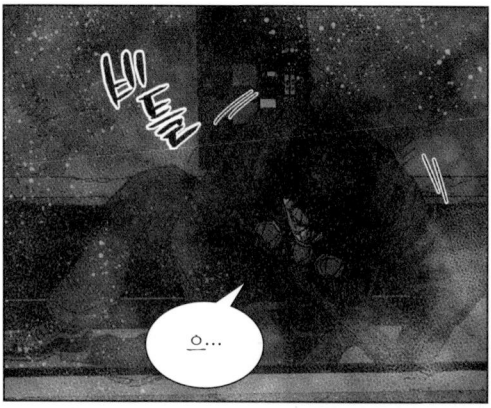
ㅇ...

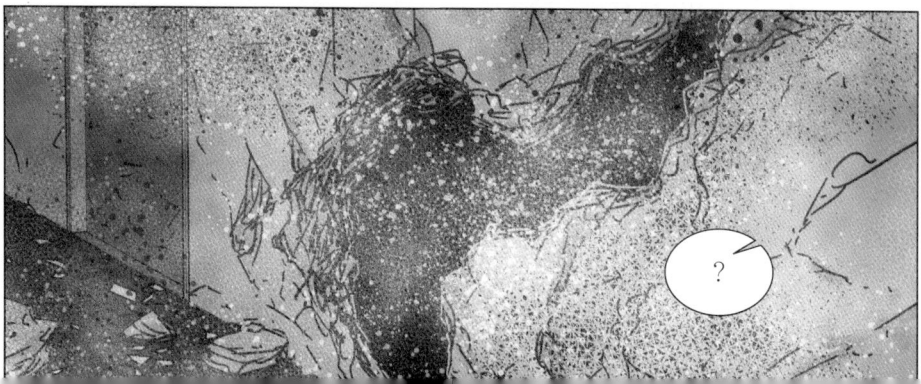
?

어? 팀장님,
김진이 아직
살아 있습니다.
뭐?

그게 무슨
소리야?
방금 전에
벽에 뚫린 구멍을 통해
복도로 나가는 모습이…
직접 한번 보시죠.

씨발, 진짜
더럽게 안 죽네.
노인네 명 질긴 건
알아줘야 된다니까.

좋아.
제군들
주목!

지금부터
토끼 사냥을
시작한다.
사상자 없이
깔끔하게 마무리 짓고
내려갈 수 있도록.
그럼 무기와 장비
최종 체크.

무전기 확인.
이상 무.

야시경 확인.

좋아.
그럼 2인 1조
3개 조로 움직인다.
박 팀장과 다른 요원들은
뒤에서 따라오도록.
이동.

이제 파티를
끝내보자고.

같이 가시죠,
회장님.

회장님,
내 앞으로 오시죠.
뒤통수가 따가운 게
영 신경 쓰이네.
끼익
개자식. 이번 건만
마무리되면
네놈 아가리를
찢어 죽여주마.

우엑!
으…

죽다 살았군.

따

진압 작전
시작했나 본데.

그동안 실력이
얼마나 늘었는지
한번 볼까…

1조 옥탑방
진입 준비 완료.
각조 상황
보고하라.

2조 2층
진입 준비 완료.

3조 현관 앞
진입 준비 완료.

여기는 깍두기.
3조와 함께
현관 앞 대기 중.

좋아.

준비가 되는 대로 각 조별로 진입 시도한다.

김진과 조우 시 섣부른 사살 시도보다는 엄호사격과 함께 보고 조치하도록.

그럼 준비된 조별로 진입 개시.

타다닷

Go!

여기는 2층.
놈이 도망친 구멍 발견.
복도로 나가려는데,
2층 철문 열어줄 수
없습니까?

오케이,
오케이.
열려라,
참깨.
네.

드르르르륵

두둑

섬광탄…?

펑
벌써

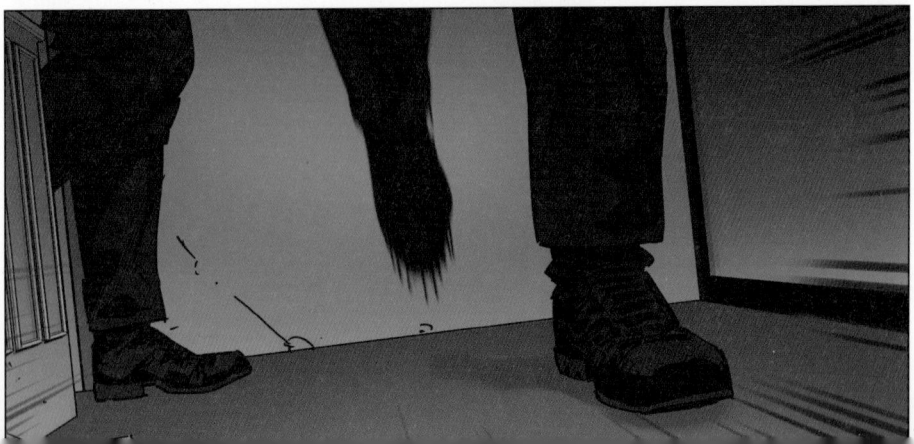

탕탕
으앗!

따따
따

2층에서 김진 발견.
현재 교전 중,
지원 바람.

덥석
!

휙
뚜뚜
꽈당

삐에에
쿠당
벌떡
화
악

!

빠
악

쾅
당당
타다다
크윽!
사삭
!

이거나
먹어라!
다
다
당

퍼
퍼
퍽
다
다
다

삥삥
휙
타닥
착

!!

푸욱 푸욱 푸욱

응사해!
탕
티
탕
네!

탕탕
타타타
피피픽

큭!

쿠당탕

미꾸라지 같은 새끼!
놓치면 안 돼. 놈을 쫓아!
탕탕
두둑
?
펑
푸슈슈슈

으…
타
탁
?

콰
앙

피
터
타
탕
앗

퍼
퍼

탕

피시시시시식
탕탕

제기랄…

쿠당

콩

타타타타타탕

바
바
바
바
바
바
켁!

으아아

유지끈

쿵

철컥

철컥

놈을 처치했나?
2조… 제길, 대답해.

2조와 연락이
두절됐다.
3조는 2조 상황
확인 바람.

3조…? 3조…!
대답해!

어쩌긴,
이 깍두기가
나설 차례지.
자, 준비해.
네.
끼익

슥

딸깍

위이이잉

붕붕붕붕
!?
드론으로
건물 안을 탐색하겠다.
그동안 대기하고 있다가
놈을 확인하는 대로
협공한다.

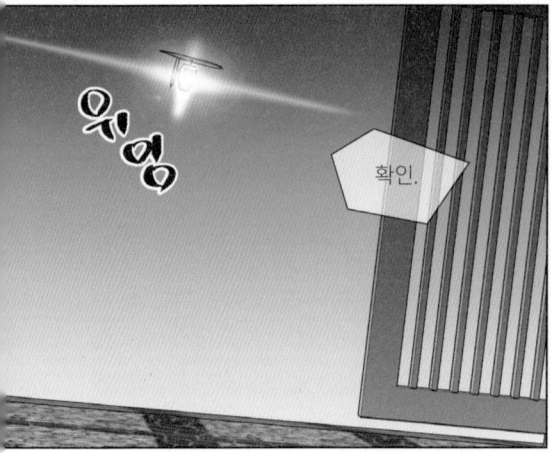

윙

거실 진입.

뭐가 보여?
으...

2조 김장겸
시체 확인.

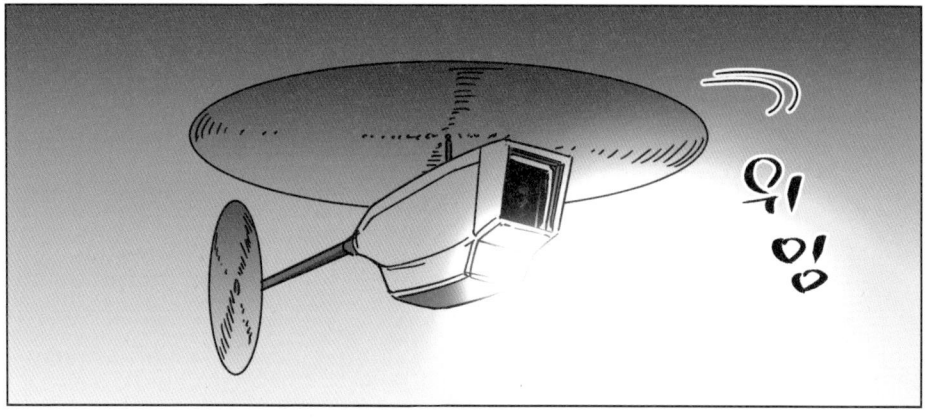
윙
잉

3조로 추정되는
두 구의 시체 발견.

그럼 2조 이인규는
어디 있는 거지?

뭐, 집구석
어딘가에 누워 있겠지.
큰 기대는 하지
말라고.

2층으로
올라가보겠습니다.

2조 이인규 시체 발견했습니다.

어디서?

2층 복도입니다.

진짜 생각보다
성가신 인간일세.
크크.
씨익

어이, 김 과장님.
당신 정말 대단한 인간이야.
그건 솔직히 인정해주지.

나도 인정하지.
네놈이 쓰레기라는 걸
말야.

청소부 K

청소부 K

어서 들어와.
환영 파티는
마저 끝내야 할 게
아닌가.

설마 겁먹은 건
아니겠지?
크크크.
아, 씨발. 나보고
겁을 먹었다니,
이 양반이 죽으려고
작정을 했네.

1조,
2층으로 접근 중.

확인.

좋아, 아저씨.
지금 들어갈 테니까
죽을 준비하고
기다리슈.
슥
허세는 여전하군.
그래, 어서 오라고,
화끈하게 총알로
맞이해주지.

끼릭
?

타
타
타
탕

퍼퍽
퍽
타앗

과당

쾅

김진 발견!
방 안으로
몰아넣었다.

잘했어.
우리도 지금
올라간다.

야, 넌
여기서 두 사람
지키고 있어.
알았지?
나머진 나랑
함께 들어간다.
가자.
네.

팀장님.
놈이 들어간 방이
2층 어디입니까?

끼릭
끼릭

202호.
2층 남동쪽 코너
두 번째 방이다.
놈을 보는 즉시
사살하도록.

확인.

탁

휙익

탁
!
제기랄!
타
타
타
타

피
퍽
퍽
퍽

타앗
데구르르

뚝뚝

펑
이크!
펑

놈이 당구대
뒤에 숨어 있습니다.
수류탄 준비하는 동안
엄호사격
부탁합니다.
알았다.

두
타
타
타
타

크윽.
피
피이잉
피
피
피

화아

타다다
!

타타타

우앗!
퍼퍽
퍽

찰칵칵칵

퍼어엉
큭!

후두둑

와장창

척

hey.
!!

푸슉
푸슉

파삭
터벅
개자식!

타다다다다

타
!

이 자식,
죽여버리겠어!
얼른 나와!
다다다다다당

더 이상
숨을 데도
없군.

넌 이제
죽는 거야.
크하하하!
퍽
퍽

철컥
!

탕
탕
파파파파
이런,
빌어먹을…!

휘익
!
퍼억

쿵
퍼
억

!
헉
엑

덥석

쉬
익
!

부
웅

쿵

퍽
퍽
퍽

덜썩

과악
!

어디야!
내가 놈을 붙잡고
있으니까
빨리 오라고!

우르르르
조금만
기다려!

크으윽…!

으아아아!

쾅
윽!

이야압!!
휘익

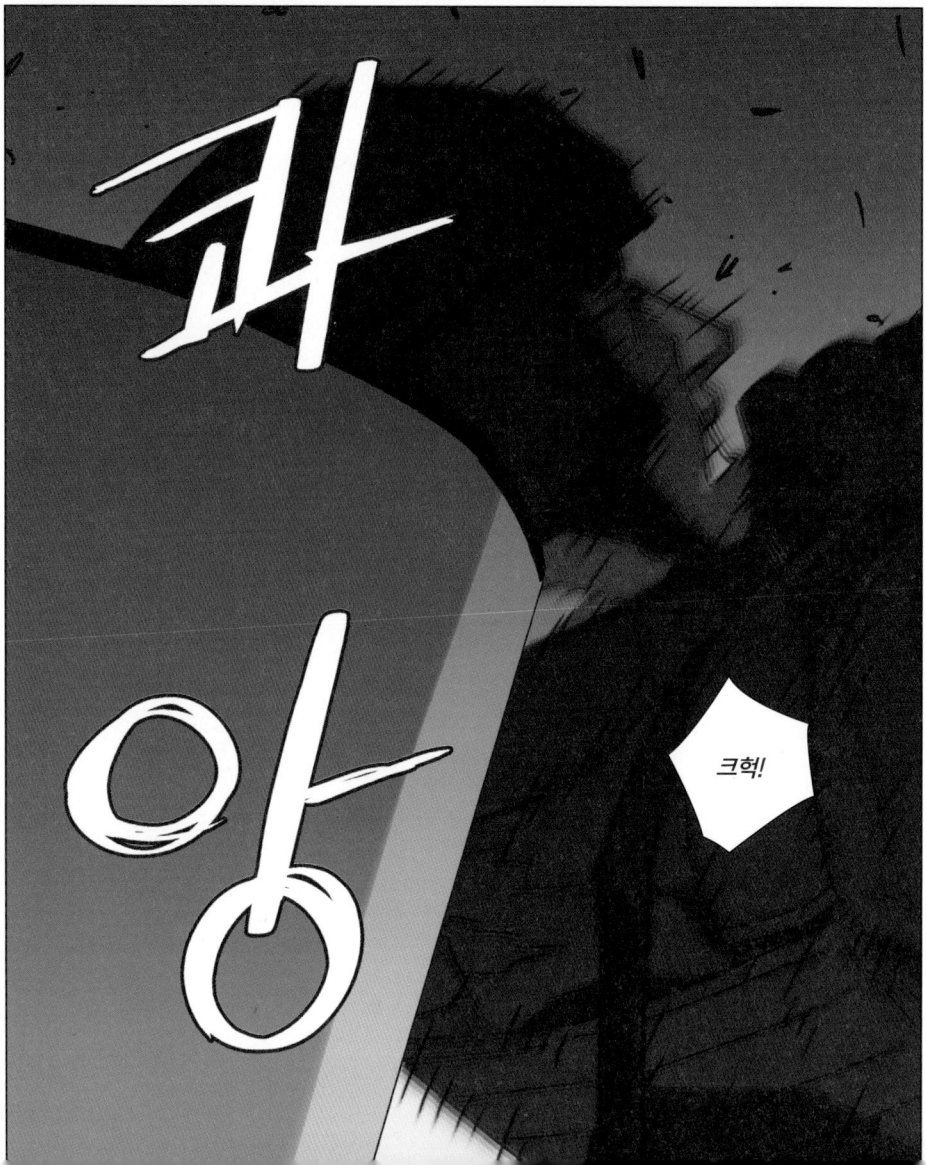
콰
앙
크헉!

파앗

이…!
터덩

쳐

타타타탕
크어억!
퍼퍼퍼

휘청
휘청

사삭

멈춰
앗!
쾅

따따따따
윽깔
이크!

쏴!
응사하라고!
타타타

야! 넌 뭐 해? 딴짓하지 말고 수류탄이나 까 넣어.
네? 네. 알겠습니다.
띠잉
띠잉

쉬익
투둑
?

씨발!
화악
!

쾅

두둑
둑

이보게. 멍하니 서서 이럴 게 아니라 경찰 지원 요청도 할 겸 가까운 읍내로 나가지. 거기서 안전하게 기다리는 게 낫지 않겠나?

안 됩니다. 팀장님 허락 없이 이 지역을 벗어날 수 없습니다.

일단 가만히 계시죠.

…

츠츠츠츠츠

쿨럭

으…

탕
퍽

슥
털썩

사방

씨익

이거나 먹어라!
툭
뚜꾸꾸꾸

!

넌
빌빌
젠장!
꿰

화아

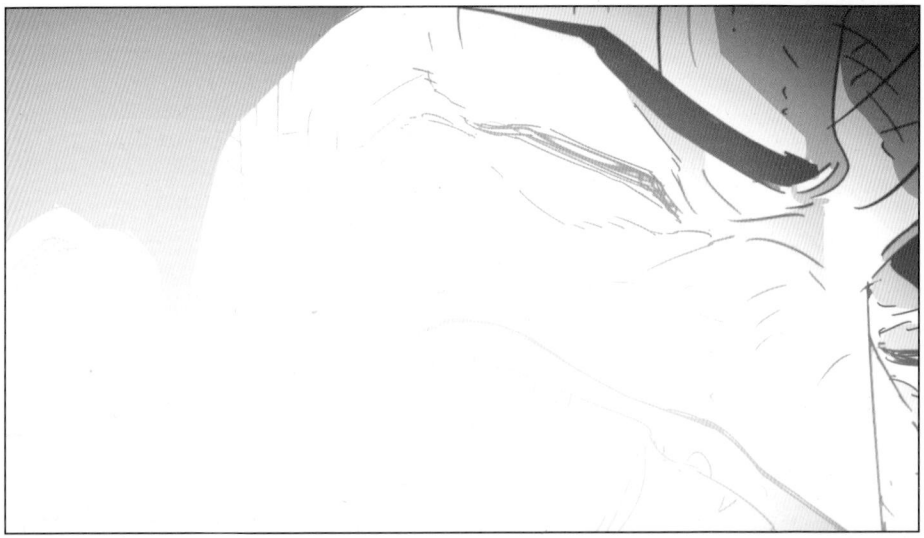

타타타타탕
하나

타타타타

타
탕

찰칵

죽어!
덥석
사악!

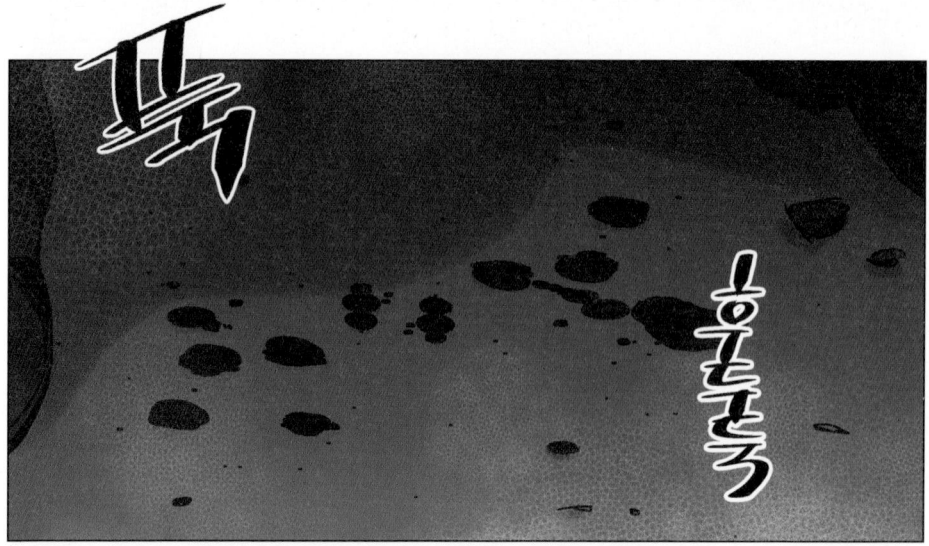

!!

크윽…

스윽

철퍽
!

피이익

와
악
텅
우욱!

뉘앙

쿵
사사

피잉

타다닥

씨발.

진짜
김 과장님 더럽게
안 죽으시네.

운이 좋은 거야,
실력이 좋은 거야.
응?

믿기 어렵지만,
네놈이 이렇게 공격할
거라고 수희가 꿈속에서
알려주더군.

수희…?
죽은 딸내미가
가르쳐줬다니, 그게
뭔 개소리야?
씨발.
헛소리 집어치우고
2라운드나 시작하자고.
끝은 봐야 할 거 아냐.

그래.
바라던 바다.
덤벼.

두리번 두리번

사삭

서
억

따
슈욱

쉬
아

!
휘리릭

키
앙

터벅

타닥
끼익

가강

냉
냉
냉
냉
냉

타

퍽
퍽

으윽!

슈우우

!

빠
야

쿵
쿠당

으...

타닥

슈
슈

타닷

화악

파
파
파
파

타

탁

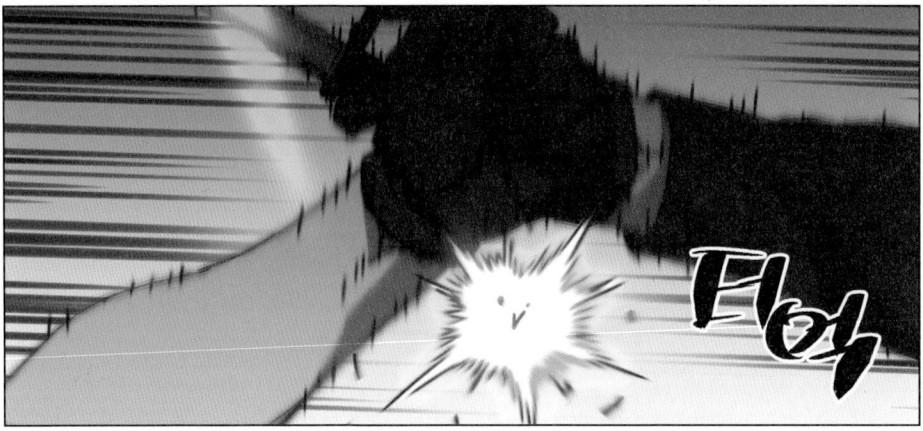
퍼억

피

쉐
앵

부들
부들

퍼억

쉬
웅

쿵

따닥
슈욱

죽어!!
!
파악
사삭

하아아

파아아

쾅당

피식
터억
!

이익…!

제, 젠장…!

자… 자, 잠깐만요! 잠깐만요. 김 과장님.

?

정말 제가 잘못했습니다. 이번 한 번만 용서해주십쇼. 네? 제발요…!

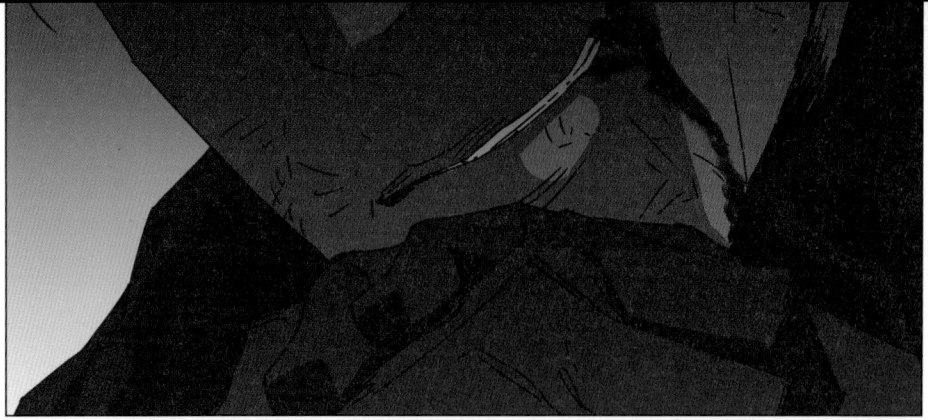

파슈
커억!

그어억…!
부들
부들

끌려가

슥

진짜 끝까지
비열하게 살다 가는군.
더러운 자식.

이봐,
이거 너무 조용한 게
좀 이상하지 않나?

그 박 팀장한테
어떻게 됐냐고 연락 좀
해보게. 느낌이 영
안 좋아.

…
기함게끔…

팀장님.
죄송합니다만
안의 상황 어떻게
됐습니까? 용 회장이
자꾸 물어봐서…
팀장님?
응답 바랍니다.
박 팀장님,
안 들리십니까…?

병신…

이봐.
딱 보면 모르겠나?
다 죽은 거라고!

난 개죽음
당하기 싫으니 가겠네.
자넨 여기 있든지
맘대로 하게.

젠장…

뚜벅
뚜벅

누, 누구냐…?
!
척

탕

탕!!!
!

드디어 만났군.

용지운 회장 나으리.

거벅

거벅

끼익

할아버지, 뭐 해요! 얼른 타라고요!

탕

쾅

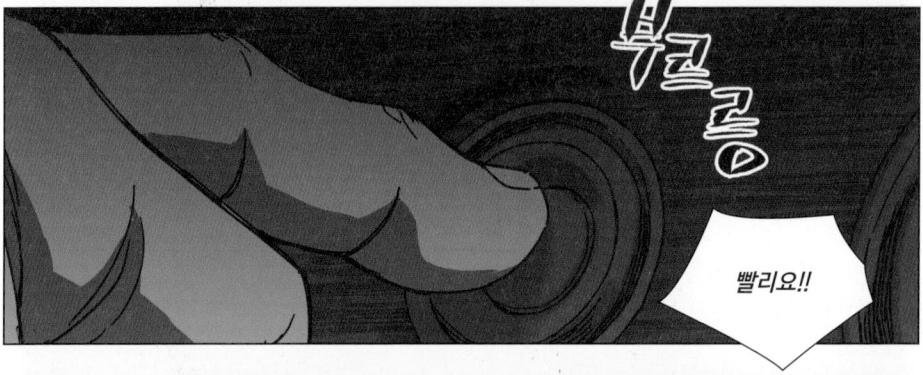
부르릉
빨리요!!

할것

띠띳
!

탕탕탕
엎드려!!

부아앙
콰직

휘릭

끼익

빠앙
바로 뒤에
쫓아온다!
더 밟아요!

타다닥
!

타다다다

파악

쿵
?
지붕으로
올라갔어…

부아아앙

휙

끼이익
탕
!

휘리릭

끼익

크윽.

콰직

끼기기기
!

툭

부웅

콰콰콰

쿵
큭!

헉
헉

부웅
!

화아

쉬이이이

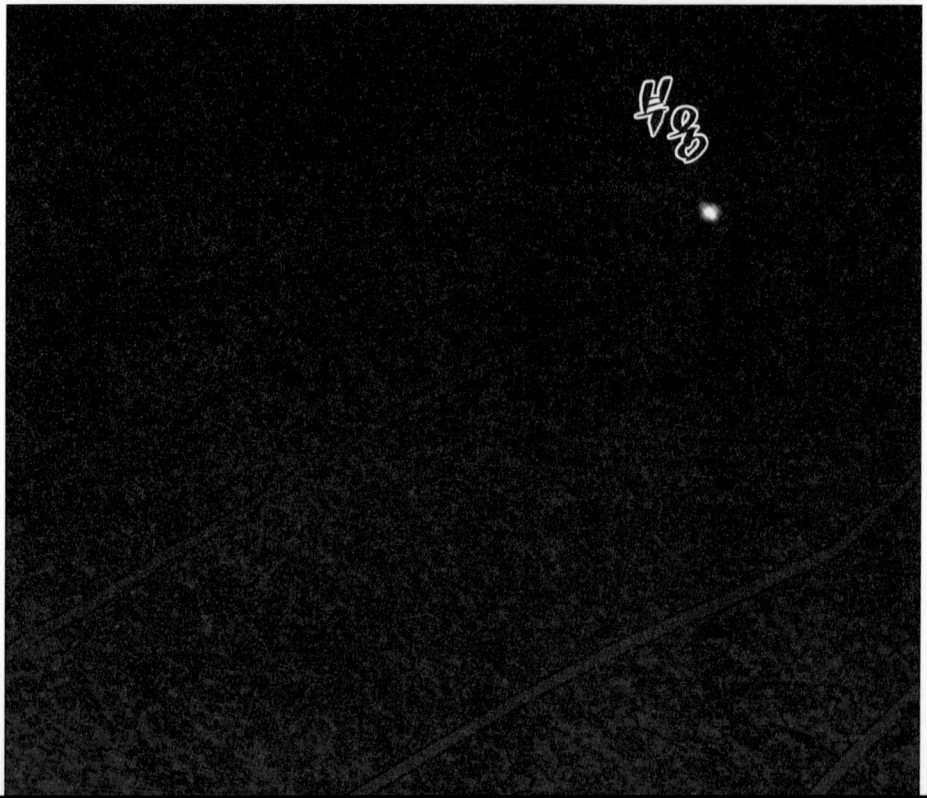
부웅

부아앙

끼이이이익

타다다닥

부웅
타다닥

부우웅
!

개자식…!!

퍼억

빠아앙

척

부아아앙

탕
탕
탕

끼이이이잉
끼이이이잉

ㅅㅅㅅ
!

가가

콰
콰
콰
콰
콰

탕
탕
탕

으...

할아버지, 괜찮으세요?

무, 무릎이…!

저벅, 저벅

어서
도망가거라.
나는
상관 말고…
하, 하지만…

어서!
…네.

쾅

후다닥

탕
!
피이익

태호야!

빨리 도망쳐!
어서!

타앙
!!

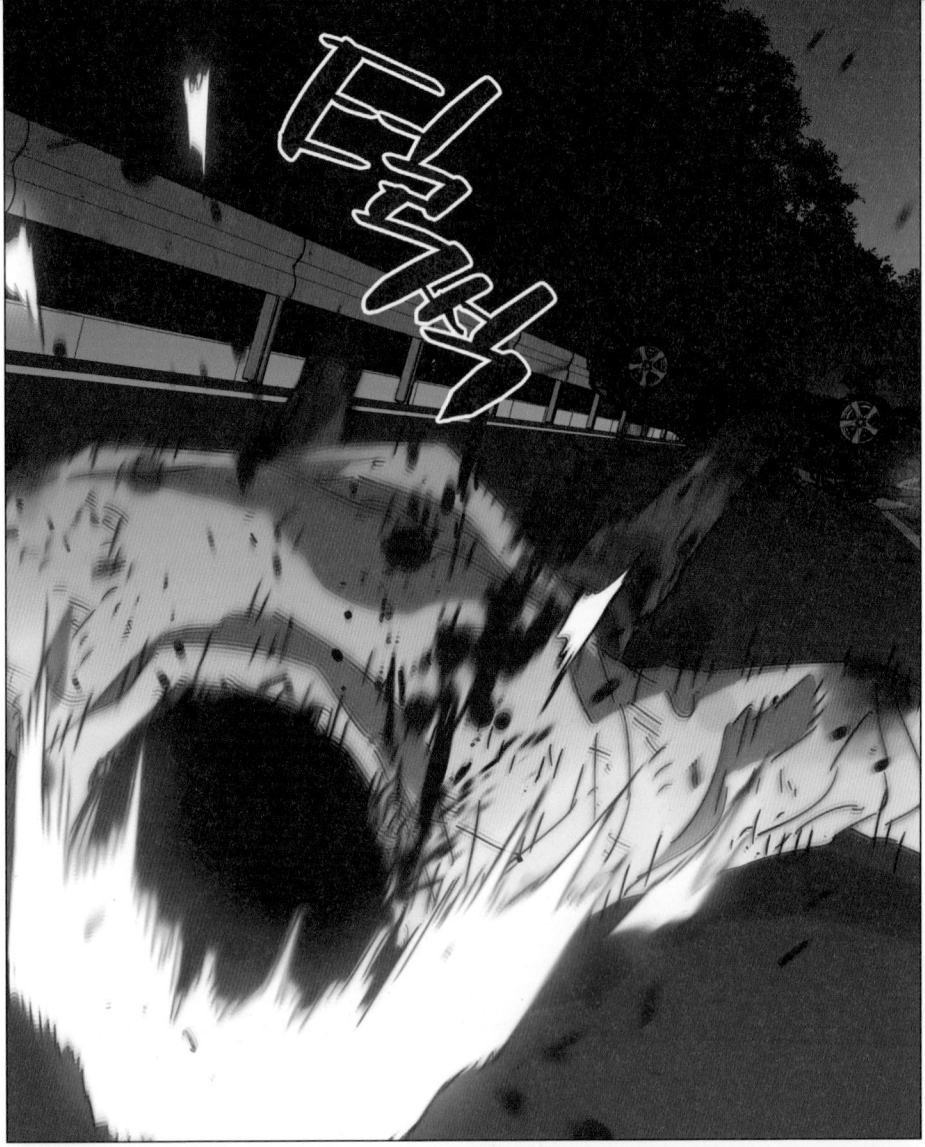
도로가

아, 안 돼…
태호야!

죽으면 안 돼…
엉금
엉금
하나님, 제발…! 흐흑.

부르르

피붙이가
눈앞에서 죽어가는
모습을 보니 기분이
어떤가? 미치도록
고통스럽지 않나?

이 천하의
비열한 개새끼…

네놈들이 말하는
소위 정의라는 것이
저 어린아이를
죽일 만큼 모질고
잔인한 것이더냐!
응!!

뭔가
착각하고 있군.
난 지금 정의를 행하는
것이 아니야. 복수를 하고
있을 뿐이지.

불쌍하게
죽어간 수희와
어머니를 위한 복수.
…
그 일념 하나로
지금까지 버텨왔다.

탕
으아악!

마지막으로
할 말은 없나?
유언 정도는
들어주지.

5, 50억…

?

스위스 차명 계좌에
50억 원이 있네.
날 살려준다고 약속하면…
그 돈을 주지.

어떤가…?
50억이면 진짜
큰돈일세. 평생 떵떵거리며
행복하게 살 수 있어.

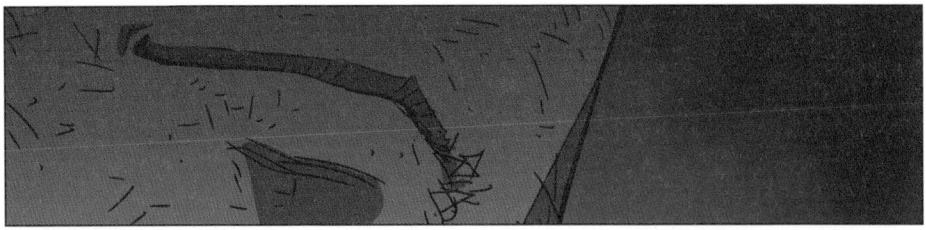

그깟 돈 필요 없어.
내 딸과 어머닐 살려내. 그럼 네놈을 살려주지.

그, 그런 말도 안 되는…!

타앙
타앙

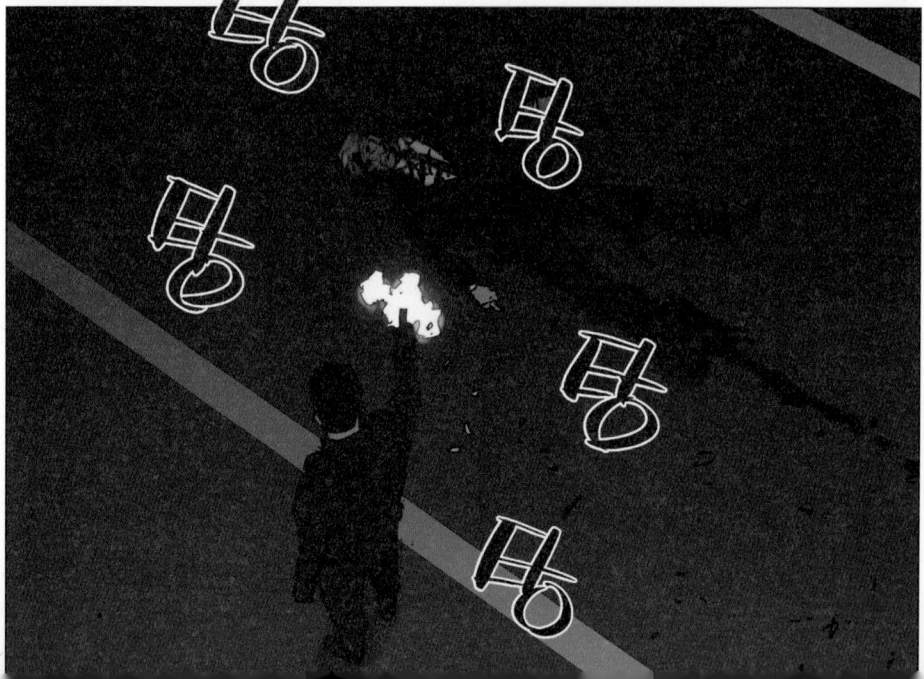
탕
탕
탕
탕
탕

그래.
네놈이 그런 말도
안 되는 헛소리를
한 거야.

탈그덕

슥
ㅣ

복수를 끝마치면
홀가분할 줄 알았는데…
왜 이리 허전한지
모르겠구나.

수희야,
이럴 때 니가 곁에
있어주면 얼마나 좋을까.
응…?
사무치게 보고 싶구나.
두 사람 모두…

F!

Flll
Flll

터벅
터벅

오늘 새벽 충북 단양에 위치한 용지운 회장의 별장에서 총상을 입은 시신이 무더기로 발견돼 경찰이 수사에 나섰습니다.

경찰은 밤새 총성이 이어졌다는 인근 주민들의 증언을 바탕으로 용지운 회장을 보호하기 위해 모인 이들이 일명 '청소부 K'라고 불리는 김 모 씨와 격렬한 총격전을 벌이다 숨진 것으로 파악하고 있습니다.

경찰은 이 과정에서 최소 30명이 숨졌으며, 이들 중 용 회장의 시신도 포함되어 있다고 밝혔습니다.

한편 단양경찰서에 특별수사본부를 차린 경찰은 군경 1,000여 명을 동원해 용의자의 행방을 쫓고 있지만, 현재까지 이렇다 할 단서를 찾지 못한 것으로 알려졌습니다.

경찰 관계자는 사건 발생 지역이 CCTV가 드문 산간 지방이라 수사에 어려움을 겪고 있다면서 용의자 김 모 씨를 발견하는 즉시 112로 신고해달라며 주민들의 적극적인 동참을 당부했습니다.

한편 일각에서는 복수를 끝마친 용의자가 해외로 도피했을 가능성이 높다며 경찰의 안이한 대처를 강하게 비판했습니다.

용 회장 별장서 대규모 총격전… 33명 사망

아, 방금 들어온 속보입니다.
오늘 오전 6시경, 화성추모공원 CCTV에 용의자 김 모 씨로 추정되는 남자가 고(故) 김수희 양의 납골당 유리창을 어루만지며 한참 동안 오열하는 모습이 포착되어 경찰이 사실관계 파악에 나섰습니다.
이 남자는 수희 양의 납골당 앞에서 15분쯤 머무르다 꽃 한 송이를 놔두고 종적을 감췄는데요.
남자가 남기고 간 꽃은 해오라기 난초로, '꿈에서라도 보고 싶다'라는 의미를 담고 있다고 합니다. 개인적으로 먼저 간 딸을 그리워하는 아버지의 심정이 절절하게 느껴지는 꽃말이 아닌가 싶습니다.
다음 뉴스입니다.
오늘 새벽 법원이 김세훈 국정원장에 대한 구속영장을 기각해 논란이 일고 있습니다. 법원은 김세훈 국정원장의 범죄 가담 경위와 정도, 현재 주거 상황 등을 종합해볼 때 구속의 필요성을 인정하기 어렵다고 기각 사유를 밝혔습니다.
이에 따라 검찰청사에 머물던 김세훈 국정원장은 오늘 새벽 석방돼 앞으로 불구속 상태로 수사를 받게 될 예정입니다.
앞서 검찰은 김세훈 국정원장에 대해 위계에 의한 공무집행방해 및 사기, 외국환 거래법 위반 등의 혐의로 구속영장을 청구한 바 있습니다.
크크크. 그놈들 나 절대 못 집어넣어, 이 병신들아.

내가 그놈들 불알을 딱 움켜쥐고 있는데 무슨 배짱으로 날 구속해?

씨발, 수틀리면 검찰총장이고 대법원장이고 다 날려버릴 거야.

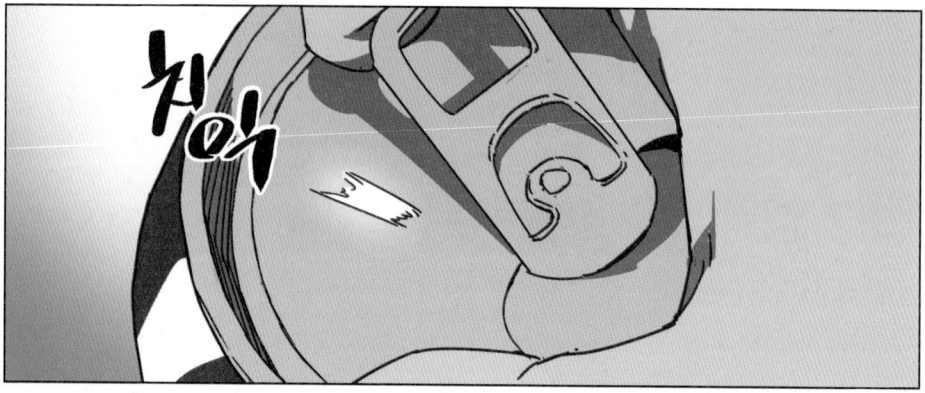
씨익

뚜벅
뚜벅

덜컥

번쩍
스윽
유서

찢

준비 다 됐나?

네. 다 됐습니다.
살짝
화악
그럼 가지.

내가…
누군지 알어…?
쿵
?

장차
이 나라의 대통령이
될 남자라고…

살펴 가십시오,
각하.

그래,
고맙네.
그런데…
자네 이름이
뭔가?
쿵

경기남부경찰청

끼익
끅끅

팀장님. 안녕히 주무셨어요?

나도
이제 늙었나 봐.
푹 잤는데도 피곤이
안 풀리네.
?

근데 팀장님,
UDT 나오셨나
봐요?
아, 이거?
UDT/SEAL

그래, 맞아.
UDT 동기 녀석과
제대 기념으로 새긴
부대 마크지.

벌써 25년 전 일이군.
탕탕
광
타닷

철수! 모두 헬기에 올라타라!
타타타타

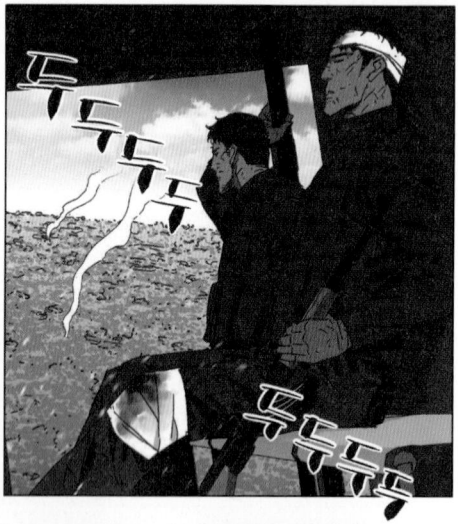
두두두두
두두두두

진아.

날 구해줘서
정말 고맙다.

자식. 공치사로
끝내지 말고 나중에
은혜 갚아.
알았지?

그래, 인마.
언젠가는 꼭
갚을게.

그리고
몇 주 전…
왼팔에
같은 문신을 새긴
한 사내가 벌인
학살 사건의
담당자가 되었다.

김 진(金 進)
700521-1XXXXXX
특별시 성동구 XX로
1203호

그 남자는
군 시절 내 목숨을
여러 번 구해준, 은인이나
다름없는 친구였지.
부우웅
드디어… 해묵은 빚을
갚을 기회가 찾아왔다고
생각했다.
띠띡

4628-XX21
용인시 소재 창고로 경찰 접근.
즉시 피신바람
띠띡

꿈

용인시 소재 창고로 경찰 접근.
즉시 피신바람
형사로선
실격이지만 말야.

부우웅
후우

빚은 갚았어, 친구.
행운을 비네.

김세훈 국정원장 車에서 숨진 채 발견
경찰, 자살 추정

이런,
자살당하셨군.

사락
경향신문
김세훈 국정원장 車에서 음전 채 발견…
경찰, 자살 추정
?

역세권 토지 급매!
청소부 K씨에게.
010-8329-37XX으로
연락바람.
진지한 제의
가격불문.

…

아, 배고파.

아빠가 해주는 수제비 먹고 싶다.

너희 아빠 수제비 잘해?

그럼, 끝내주게 잘하시지. 수제비 전문 음식점 하시거든.

헐ㅋ 졌다.
아 놔, 갑자기
수제비 땡기네.

그치,
먹고 싶지?

야. 우리
너네 아빠 가게 가서
수제비 먹으면
안 돼?

그래,
내가 살게.
울 아빠 내가
친구들 데리고 가면
정말 좋아하실 거야.

청소부 K

시즌 1

"복수자"

끝

Season 1

"Revenger"

END

신진우

'인신매매 조직에게 납치당한 후 사창가에 팔린 애인을 구출하기 위해 무장탈영한 공수부대원 A의 처절한 복수극'

20년 전, 아이디어 노트에 간단히 적어놓은 『청소부 K』의 초안입니다.
이후 트렌드가 바뀌고 제가 나이를 먹어가면서 공수부대원에서 청부 해결사로, 청부 해결사에서 딸을 가진 국정원 요원으로 주인공의 역할이 조금씩 바뀌었습니다.
소재도 애인을 구출하는 이야기에서 집단 성폭행 당한 딸의 복수로 바뀌었죠.
변하지 않은 건, '사회를 좀먹는 악을 처단하는 다크 히어로물'이라는 기본 콘셉트였습니다.
돌이켜 생각해보면, 만약 20년 전에 『청소부 K』를 작품화했다면 저의 미숙함 때문에 지금과 같은 완성도는 힘들지 않았을까 싶습니다.
아무래도 이야기를 풀어나가는 역량에 있어 40대인 지금이 훨씬 완숙하고 20년 가까운 세월 동안 작품이 조금씩 다듬어지고 보태지면서 독자분들의 기대치에 어느 정도 부흥하지 않았나 하는 생각이 듭니다.
그리고 무엇보다 2년이라는 연재 기간 동안 끊임없이 격려해주시고 응원해주신 독자 여러분 덕분에 무사히 끝마칠 수 있었다고 생각합니다.
정말 진심으로 감사드립니다.
더 노력하고 발전된 모습으로 시즌 2에서 만나 뵙겠습니다.

홍순식

2년여의 연재를 마치고 몇 개월의 시간이 지났습니다.
지금 돌이켜보면 어떻게 연재를 했는지 까마득합니다. 정말 매주 마감을 맞추어 작업을 했다는 게 믿기지 않습니다.

만화를 10년 넘게 해왔지만, 여전히 연재에 앞선 두려움이 있습니다.
마감을 지킬 수 있을지, 재미는 있을지, 연재할 동안 과연 최선을 다할 수 있을지, 무사히 연재를 마칠 수 있을지…….

동시에 공부를 게을리하지 말아야겠다는 압박감도 있습니다.
아마 이 두려움과 압박감은 앞으로도 사라지지 않을 것 같습니다.

때문에 이렇게 작가의 말을 쓸 수 있는 기회가 무엇보다 소중합니다.

이 소중한 기회를 빌려 탑툰과 투유드림, 스토리를 써주신 신진우 작가님께 감사드리고, 무엇보다 『청소부 K』를 읽어주시는 독자 여러분께 감사드립니다.

Season 2

To be continued.

SPECIAL PAGE

청년부K
미정
원단
같지
않게

김수희 (K의 딸)

15세

중학생.

방기형
얼굴 길게?

서인구
(국회의원)
눈두덩
깔끔하고
미소

조재영 (대검
수사부장)
근육에만
안경
꽉다문 입

이은정 (교육부 장관)

한병안 (비서)

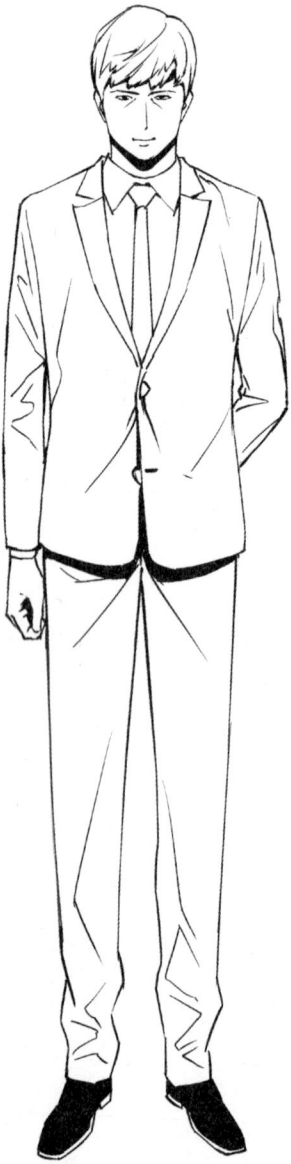

청소부 K 5

초판 1쇄 인쇄 2018년 11월 28일
초판 1쇄 발행 2018년 12월 10일

지은이 신진우 홍순식
펴낸이 김문식 최민석
편집 강전훈 이수민 김현진
디자인 손현주
편집디자인 홍순식 박은정

펴낸곳 (주)해피북스투유
출판등록 2016년 12월 12일 제2016-000343호
주소 서울시 마포구 독막로 178-1, 5층 (구수동)
전화 02)336-1203
팩스 02)336-1209

© 신진우·홍순식, 2018

ISBN 979-11-88200-47-4 (04810)
979-11-88200-42-9 (세트)

• 뒹굴은 (주)해피북스투유의 만화 브랜드입니다.
• 이 책은 (주)해피북스투유와 저작권자와의 계약에 따라 발행한 것이므로 무단전재와 무단복제를 금지하며, 이 책 내용의 전부 또는 일부를 이용하려면 반드시 저작권자와 (주)해피북스투유의 서면 동의를 받아야 합니다.
• 잘못된 책은 구입하신 곳에서 바꾸어드립니다.